水惑星《みづわくせい》

齊藤サダ歌集

短歌研究社

序

足立敏彦

歌集『水惑星』の著者齊藤サダ氏は、「新墾」幹部同人、また「潮音」同人でもある。

著者は宇都宮の出身で、現地の高校、大学を卒業した後、そのまま地元の高校に保健体育科の教師として勤め、とくに特技のバレーボールの技量を生かして、部活動等の指導に青春を燃やしたようである。結婚後から函館に住まれ、測量、土木の設計の仕事を経営する夫君とともに働く日々となり、夫君が亡くなられた後の現在も、その会社の営業を責任ある立場で働かれている。

作歌は、「日記のような感じで」と、若い時から体験していたというが、函館の「潮短歌会」に参加することになって、本気の世界になったとのこと。その後の平成九年に「新墾」に入社して以来、作歌は本格的になっていて、歌会活動も極めて活発である。

快活な、社交性豊かな人柄と、函館人になって、地元では「道南歌人協会」の会長をつとめる幅広い行動力も見せる。

軒ごとに真鱈干したる海沿ひの昏れゆく邑をたば風吹き抜く

書き出しはここ函館といつもなり吹きぬく風に吹かれて暮らす
北風が生計《たつき》厳しき山里に雪運び置く暦の定め
冬の風空気を研ぎてくちびるのぬめりも削ぎぬただただ渇き

「たば風吹き抜く」と題する、歌集の冒頭にある作品。函館は北海道渡島半島南端にあって本州からの玄関口。漁業を主産業にするも、さまざまな史跡や温泉郷のある観光地で北海道ではもっとも温暖な土地である。しかし周辺の自然風土は厳しい。津軽海峡を挟む日本海、太平洋に面する半島の、とくに日本海側の冬。「たば風」はその北西からの季節風である。文字通り「たば」になって吹きつける強風だ。著者は、その厳しい風土を強い精神力、生活力でしっかりと受け止めている。それは同時に作歌のモチーフとして、また、自ずから人生観を支える力の源ともなっていることだろう。

坂下る烏賊売る声の長く延び静かな海の青きがうねる
ゴンドラは山肌這ひて登りゆく函館山の空分けながら
臥牛山大きく近く見ゆる朝傘持ちて出よと古老の言へり

高く照る津軽海峡の月白く大間の背戸の潮流激し
ああ明日は雪となるらむ　函館の空に響かふ鐘の音澄める

函館に住むようになって、その風景、風物を新鮮な気分で伸びやかに詠んでいる。次第に愛着を深くする情調が、こうした一連からも伝わってくる。会社を経営するようになって、自ずから視野が広がり、景物の把握も客観的になっている。

泥靴で測量作業をし遂げ来て赤いパンプスをふいに妬みぬ
山仕事終へて里へと降りくれば函館の街に光溢れる
ライラックの紫見ゆるビルにゐて香り眼に会議の合間
不用意に裡なる思ひ言ひ張りて会議の席を波立てをりぬ
大声で泣きし叫びしその後にあるがままにと我が身に言ひぬ

仕事上の充実感、苦労、悩みを率直に直截に表現しながら、夫君の補助役の範囲に止まらない、主体的に働く姿を映し出している。
その世界は歌集の「あとがき」からも読み取れる。

孫とゐる真白き傘の日の陰に八月十五日鐘を聞く
殺略の絶える事無きこの星が宇宙船から青く見ゆる日も
一人ゐて暑さ厳しき原爆忌蛇口の水は鉄錆の味
アメリカの航空母艦数多なる海でも空でも死語なりし「戦闘」
爆撃か否青空に新幹線のはやぶさ祝ふブルーインパルス

時事詠、社会詠にも積極的に取り組んでいる。身辺にとらわれない複眼的な視野で、目の前の平和の、その奥深い背景を透視するように詠む。「孫」、「宇宙船」、「蛇口の水」など、その焦点が明確で、理屈や観念のない自分自身の皮膚感覚で表現している。線太い歌柄も著者のものになっていると思う。

髭面のままに朝餉を摂る夫を水仙の君と呼びし日のあり
完璧を求める人が酔ひ潰れ渡らざる河の深さ語りぬ
ゆるゆるとピンポン玉を打ち合へり還暦の夫のこの頃優し
しみじみと「おまへも齢だなあ」と言ふ夫の目尻の皺ひときは深く
ふんはりの浮遊感求め酒を飲む君ゐぬ日暮れ闇に紛れて

戯れにくちづけしたきを胸裡に納めて歩む桜咲く宵

傷つきし革のパンプスに執着す君を追ひかけ走りし靴なり

「水仙の君」と題した夫君への挽歌である。三年前に死別されたとのこと。「あとがき」にあるように、夫君は土地家屋調査士として全国的にも活動の足跡を残されたようであり、それだけに著者の仕事も大変になっていたに違いない。しかし、仕事を通して夫君に自立力を認められていた様子も、また、互いの敬愛の姿もよくにじみ出た、胸を打つ二十六首の連作である。

歌集名「水惑星」は、新墾社での第四十五回小田觀螢賞の受賞作三十首の題名で、その一連が巻末に編まれている。「あとがき」にも詳しいが、今日の著者の歌境である。

「水惑星」に生きているのだという実感を抱く著者の、まことに深い生命感に満ちた此の一巻に、私は賛辞を惜しまない。

平成三十年文月

水惑星　目次

水惑星

たば風吹き抜く

軒ごとに真鱈干したる海沿ひの昏れゆく邑をたば風吹き抜く

書き出しはここ函館といつもなり吹きぬく風に吹かれて暮らす

津軽海峡はさむ双子の朝市に津軽訛りの飛びかひ聞こゆ

北風が生計《たつき》厳しき山里に雪運び置く暦の定め

津軽海峡へ溶け落ちさうな半月の白々しけれ夜を清しみ

風の果て繊月残る牧場に風また湧きて月へ向かひぬ

凍て空の下弦の月に鉤を掛け怠惰なわれは椅子を下げたき

火群なし芒を捩ぢり風が吹く暮れゆく間際の微光曳きつつ

冬空のあまりに蒼く澄みてゐつ過ぎゆく風の流れさへ見ゆ

冬の風空気を研ぎてくちびるのぬめりも削ぎぬただただ渇き

ボキボキと刻を告げゐる柱時計　冬の到来仄かなる家

風描く水面の文様切り裂きて水脈の先行く番の鴨が

舞ふ雪のま中に上がる冬花火空を彩り街を散華す

星の無い小樽の奥の湯の宿の闇に鎮もる雪降るひびき

秋風は夏の名残りを燠として丘のすすきを金に燃やすも

焔《ほむら》たつ銀褐色の群れすすき花穂を開き海へと雪崩る

散歩する街路のいちやうなべて落ち風透き通り秋の終りぬ

秋が舞ふ姿消しゆく頃なるに臭ひけるもの銀杏の緑

ビル風のポプラ揺らしめ吹き荒ぶ玻璃窓叩き枝葉を揉みて

突き強き潮風に幹裂かれたりななかまど一気に実を散らしぬ

西の空墨色雲と茜雲うねり重なり寒さに揺れる

凍結湖奔れる風の蒼を曳き樹の影揺らし稲妻光る

手のひらにとどまりし雪冬の黙固体融解の決めに従ふ

風荒ぶ鎮守の森の石段に毛並みよろしき狐と出会ふ

降る雨の土に沁みるを夜に聴く明日の不安は思はずゐよう

糸切れの凧になりしか今日の我風に他人に煽がれ飛ばされ

錘つけ守破離の垂線下ろしゐる縺れぬやうに千切れぬやうに

母の白髪

十五の春親の呪縛が疎ましく夜爪を切りぬ　母老いたまふ

この頃の母の便りの文字薄し「困りごと無きか」とのみ書きあり

もう十分に生きたでせうと区分けされる母八十五歳後期高齢者

真夜目覚め我を揺すれり真顔にて「学校に遅れるから起きなさい」

真夜起きて時差ボケと称す媼なり一人逍遥気の向くままに

朝の日がベッドに届く一瞬を生きてある母照らさるる今

介護切り上げて家路を急ぐ時空耳に聞く「今日はありがと」

戦後負ふ苦しみ抱き生きたるや母の白髪薄くなりたまふ

潮騒を携帯電話に聞かせつつ「おいで函館へ」と母を誘へり

過去帳に御女《おめ》と記されし仏あり嫁がず逝きし十五の彼岸の

何一つ欲しがることなく逝きましし母の白髪はらり零れぬ

旅立ちに結ぶ脚絆の喪の紐がきつくないかと声無く問へり

農婦なるも濡れるを厭ひし母なりし　柩が進む小春日和のなか

「われも土葬」夫の傍へと望みしもお骨一片置くをあたはず

副葬にちびた鉛筆と手紙入れ「お返事ちやうだい」曾孫が言へり

介護ベッドの置かれし畳は青きまま　草を踏みしか夢の中では

戦争へ母がうち臥す黙ありて仕舞はれゐるは介護のベッド

古びしも湯飲み茶碗に酒注ぎ父の遺影と過ごす三十三回忌

下野の里の新米賜りぬ慈しみ食みて生かされむ我

祖母《おおはは》に米研ぎ習ひし日のごとく我の教へを聞く孫乙女子

「大正」は母の生まれし年号なり両側に副ふ「明治と昭和」

襲ひ来る別れの後の切なさを津軽海峡渡りて断ちぬ

くれなゐの萩の零れを踏み進む人影置かぬ晩秋墓苑

改めて命の重さ説かずとも真摯に子らはその子慈しむ

帰郷せる子はさりげなく重き荷を我より取りて歩幅も合はす

泣き言が口割り抜けて飛び出ぬやう歯を食ひしばり息を止めゐる

紅色の椿咲く日のほど遠く乾きし蕾枝より落ちる

鐘の音澄める
昼過ぎのひそけき磯に釣り人の回す竿先光曳きゆく
大森の浜に広ごる風紋に花と見紛ふ牡丹雪舞ふ

この町で君と暮らすと決めし朝窓の雫は乱れなく落ち

坂下る烏賊売る声の長く延び静かな海の青きがうねる

響き合ふ烏賊売る声と鐘の音元町歩む旅人《たびと》の心

「イガー　イガー」そうだ今日こそ青い海ぜひ見に行かう裸足で走らう

釣り船の影の揺るがぬ昼下がり烏賊干すにほひここへは届かぬ

ゴンドラは山肌這ひて登りゆく函館山の空分けながら

秋空は澄みゆくほかなく蒼深む恵山の噴煙白を鮮やぐ

臥牛山大きく近く見ゆる朝傘持ちて出よと古老の言へり

玻璃の内たゆたふ波の音も無く青白き星は高く涼しく

ただならぬ夕焼け雲に誘はれて進みし果てに津軽海峡

高く照る津軽海峡の月白く大間の瀬戸の潮流激し

知内の海に育ちしまこがれひ鰭をあぎとひ朝日を弾く

憂きことの数多の中によきことの有るも信じる今朝の目覚めに

鈴蘭の下向く花のま白くて慈愛の鐘の音の届くや

雪虫の黒衣に止るふはふはと払はずにおく秋の終りを

乾きゐる都会の風は貌の無きヒトの隙間を擦り抜けて吹く

雨受けて柳の枝葉みどり増し風に従ひ濠を縁取る

みぞれ降る繁華街歩くただひとり人目憚る気負ひもなくて

海原の膨らみうねる波の穂を渡り飛びゆくヒヨドリの群れ

あづさ弓掻き鳴らす手に春返り草の花咲く故郷ありき

ああ明日は雪となるらむ　函館の空に響かふ鐘の音澄める

海に向き釣り竿立てし人々の黒々と見ゆ夕日に映えて

旅・鉄路

廃駅のうたて苔生ゆきざはしのへこみへこみに雨水光る

鉄の紐となりしレールに吹く風が江差追分の憂愁奏でる

数多なる列車走りしレールの跡杳き地平に音なく延びて

ブレーキを大きく軋ませ蹲る夜行列車に四肢など無くに

昼日中ホームのベンチに腰掛けて列車を待ちゐる我も老いしか

無人駅にエゾムラサキの慎ましき光る線路に死者も乗りゐる

屋形船くぐる桜トンネルよあまねく照らす宵の満月

さくらばな散り敷く川面の逆さツリー舟と展望デッキ並び映りぬ

「降ります」と席譲り呉れし青年のデッキにありぬ駅を過ぎても

闇に溶け還りゆくがにひそやかにキタキツネ一匹無人駅過ぎる

家並みの続く山辺に幟立つ　狐出るやも鞍馬の道ぞ

暖房の程よき列車に蹲る卵を抱くめんどりのごと

宵に乗り母待つ宇都宮には朝東北本線寝台車の旅

男体山右手に眺める鉄道橋渡り終れば宇都宮の駅

注文はビールと餃子のお手軽セット旅の夕食これにて足らふ

夜行列車を追ひ掛け走る満月のオレンジ色は希望の色

山峡の星々輝く湯に浸かり岩陰の蟇と温もりてゐる

願主名齊藤とある古塔婆を額づき拝む夫と二人で

頬伝ふ汗を拭はず山寺に夫と詣でぬひた登り来て

石段の隅に仰向く落ち蟬の白黒の雪に象られ冬

山寺に春蟬鳴くも「聞えぬ」とふ夫の右耳遠くなりしか

外国《とつくに》の数多の人と行き会へり外人墓地に中華会館に

擦り減りし草履の底の嵩の分矜持無くせしか曖昧に笑顔

海原を遥けく来たる豪華客船今入港す巴の港に

携帯電話及ばぬ土地を旅するもついつい覗く着信ありかと

南指し飛行機雲の伸びる空　言ひやうもなく人に逢ひたし

にほひ立ち来る

汗臭きにほひ立ち来る少年らおにぎり頬ばり野球にもどる

甘えくる産まぬ子強く抱きしめる目覚めに残る胸の感触

防人を望む男は少なくてスイーツ男子がコンビニ漁る

戦なき若き世代は飢ゑ無くもなぜに産まぬか結婚せぬか

麗しき大和言葉の遠くなり切り貼り単語がまつすぐに来る

くちづけの最中も流れる砂時計　未だ書き終へぬ葉書のありて

朴の葉に肉と銀杏並べ焼く超高層ビルの瀟洒な店に

あづさ弓野辺に鳴らすも風吹きて声の届かぬ君への思ひ

酔ひどれの街なか歩む男らが古き恋歌口遊みをり

涙する日々を重ねて今日ありぬ強くなれぬも今泣かずにゐる

約束をひとつ忘れて如月の罠に落ちゐし夕星ひかる

濡れそぼつ落葉の蔭の栗の実にその実齧りし虫が生きゐる

満開の桜のむかう丸き月オレンジ極め中天にゐる

湧き水の澄めるを汲みてコーヒーを一人淹れをりただただ一人

点字にて文読む友の指先の止まれる後に笑顔となりぬ

解凍の魚のやうなる血の水をまつ赤に流し頽れるか　今

顔埋めあすなろ檜葉に塗れゐる山の香を嗅ぎ獣めきゆく

雪降る日星降る夜を繰り返しときめく恋の穏やかな愛に

山鳩が「アシタオキタラスヌツクロウ」ばうばう啼くのを知らないあなた

手鏡に譲れぬ一つ秘めおきて曇らぬやうに時に磨きぬ

畑を焼く小さな炎と黄揚羽の出会はぬうちに遁走し来たる

カサブランカの匂ひ籠れる部屋ぬちをゆく風のあり微睡みのなか

仕事

紅を引き髪を整へ鞄持ち仕事に向かふ心新たに

作業員の吐く息つぎつぎ闇に溶け厳寒の夜の除雪進めり

歳古りて皺みて太きわが指の動きよけれど風は摑めず

いち早く布団を抜けて卵焼きの弁当作る葡萄も入れて

卵焼きの甘さ嬉しとメールあり　今日の研修会は退屈らしい

測量士の父持つ男の子両の手にサランラップの芯より覗く

還暦の今日働くは幸福と病みゐる友に励まされをり

生業を記録せし古手帳に詩歌の二つ三つ書きしるす

山深き測量現場に我来たりむらさき淡き光の朝《あした》

山仕事に疲れて仰ぐ昼の月まことの心の有り処訊ねむ

時雨降るツルツル沢に光りゐる赤きぬめりのウグイの腹が

杉木立縫ひて伸びゆく山道に季節外れのスミレ薄青く

同業者廃業せし秋冷えの朝海霧《じり》に咲きゐる躑躅一輪

夜の更けて最後のチェック繰り返し算盤勘定やうやう合ひたり

泥靴で測量作業をし遂げ来て赤いパンプスをふいに妬みぬ

山蔭に朝日及ばぬ漁港あり明けやらぬいまエンジン音たつ

昼迫る輝く浜のど真ん中かあさんザバーンと昆布広げる

馬の尻に育ち遊びし銀バエか羽音響かせ玻璃に取り付く

左遷地と言はれる北のこの大地ポプラが聳え電車が走る

山仕事終へて里へと降りくれば函館の街に光溢れる

ライラックの紫見ゆるビルにゐて香り眼に会議の合間

一瞬の思考停止を自覚する踏鞴《たたら》を踏みて歯軋りをする

同胞と蟻のごとくに働くも肴を食みて旨酒飲まむ

不用意に裡なる思ひ言ひ張りて会議の席を波立てをりぬ

うかうかと物言ひ終へて戻る道責めの重さに立ち竦みたり

大声で泣きし叫びしその後にあるがままにと我が身に言ひぬ

氷河崩れむ

真冬日に大地の雪を掻き分けて息吐くやうなキャベツと出会ふ

この星の薄皮のごとき青空の昼間の金星気付かざりにき

福寿草やうやう芽吹く早春に西瓜食うぶれば氷河崩れむ

春の日は家庭菜園の畑起こし去年の馬鈴薯地中に芽吹くを

不揃ひの大根あまた廃棄する富みたる国のどこまで驕る

良く切れる出刃包丁に日が射して割れた南瓜の黄の濃き匂ひ

たむろする中学生を親はもう呼びに来ぬのか秋の夕暮れ

芽の伸びて皮ばかりなる玉葱のにほひ立ち来て今日桜咲く

耕耘機は乾びて黒きひまはりを鋤き込み進む丘這ひ登る

肉や野菜刻む包丁に錆の見ゆ厨仕事に気の弛みしか

神仏の創り賜ひし万物の非対称の罪問はれむか

女《め》の箸が男《お》の箸よりも短きがにはかに愛し生活《たつき》整ふ

この秋の仕舞ひの晴天広がれり大根を干し赤蕪刻む

ビル街に見上げる空の重たくて生ぬるき風雨運び来る

鉄柵が立ち入り拒む噴火跡風のみ自在に吹き渡るなる

黒焦げの幹に梢に芽生え見ゆ一樹の命生きて息づく

秋雨は土に届かず霧となり日暮れる前に闇を引き寄す

口開かぬ帆立にナイフ突き立てる確かな意思持つちさき命に

間違ひの電話でさへも待ちゐるか六十路の友の一人の暮し

鶏がインフルエンザ患ひて環境破壊の警鐘鳴らす

高熱の去らぬ胸処を愚弄してけぢめのつかぬ夜昼過ごす

幼子の拳の中の雀の子　命のかくも淡きひかりを

千年に確率一度の大震災この後の千年誰が保証するのか

烏賊襖の匂ひ厭ひし日は遠く市場に並ぶは綺麗な烏賊刺し

客待ちの空車の列の赤色、橙、霙に色増す不況の色の

灯るなき窓増えゆくを思ふ朝　還暦に柿の実の赤滲む

御衣黄桜

きらきらと輝く露を黄にのせて福寿草咲く寒戻りし朝

玻璃のごと砕かれ落ちし夢のあり転生願ふ花咲く春は

赤々と寒明け綺麗に雪を割り椿の花は化粧《けわい》つらぬく

綻ぶをうながす朝の陽待ち待ちて椿の蕾巻かれてをりぬ

寒桜に弾けるやうな光あり未生の神の宿れる花か

ひよどりも津軽海峡渡り来て桜の季節を肌寒くゐる

芽吹き初む桜の花の芽色薄く淡く清しも命の開花

姿よく巡盃交はす老人ら桜の下におもねらず驕らず

花びらの小止みなく降るブルーシート我一人のみ鎮座してゐる

突風に「助けて助けて」とはしやぎゐる幼に纏はる桜の吹雪

はつ夏を思はす温き春の宵桜見むとて夫を誘ひき

下を向き躊躇ひ咲けるさくらばな美しきやし美し褒めつつ見上ぐ

黒々と瘤を盛り上げ老い桜命咲かせるくれなゐ淡く

青空を白と紅とに染め分けて桜咲き盛る函館の街

満開の桜の向うのスーパームーンまんまるオレンジ動かず曇らず

校庭に御衣黄桜を咲かせるも学校再編に桜生き難し

曇り日の桜の花の色強く輪郭くっきり濠水に映る

夕映えにその葉閉ぢゆく合歓の木の花を恋ひたりうすくれなゐの

円錐の赤立つ躑躅の花蕾真向かふ我と同じ高さに

未練気に崩れし薔薇の赤一輪秋の空気の冷え冷えとあり

残菊のひと株ひと株刈り集めちひさき花塚路傍に作る

根雪にはまだまだならぬ今朝の雪輝きゐても掬ひ難かり

お互ひに声を荒げることもなく冬の白花咲かせてをりぬ

秋空に幾何学模様なす雲は夕日を抱へ吾亦紅揺する

紫の色を残ししまま乾び額紫陽花が秋を呼びゐる

異界漂ふ

薄味に仕立てし蕪の透明感　暮れゆく秋の空気さやけし

菓子ひとつ分け合ふ卓に日が当たり年金減りしは言はずにおかう

ひとつ家に同志のやうに棲みをりて揺れる心も分け合ひ生きる

自意識の薄き被膜に心霊を吸ひ込み過去世のまんぢゅうを食む

如月に叶はぬ夢の一つあり春早き街ひとり彷徨ふ

指揮棒の微かな揺れに導かれひそと歌ひぬ「雪の降る町を」

冷静にぬるいコーヒー値踏みする我の孤独のとめどなき夜

玻璃窓を叩き破りて聴きたかり外の世界の魅惑のメロディー

部屋ぬちに羽化せる蝶の舞ひ出でて陽を統べるごと陽に静かなり

生きるとはさびしきことと言ひ合ひてコップ酒煽る夜の酒場に

照り翳る心の襞を掻き分けて光当てたし友なればこそ

黒猫は学を究めし貌をして白く輝く月を視てをり

方程式の解を求める歌ならば数値モデルの学習をはや

葬列の間合ひに浮かぶ雪虫の淡きふはふは慎みて受く

梅雨空に煙草吸ひ込む男から吐息零れる夢もこぼれる

靴の紐ほどけしままにバスに乗るあの若者の向かふはいづこ

捨てられた花束のそばに鳴く子猫曲がりし背骨嫌はれたのか

生きて来し軌道幽かに光らせてなめくぢが笹の葉の先にゐる

ちひさな滝に煽られ飛びかふ蜆蝶飛沫の中に二つ三つゐる

淡々とオオムラサキは空を打つ羽の広がりに光溜めつつ

秋空へメッセージ放つか霧の中咲きゐる朝顔つるを揺らして

ひとりゐて微睡む我の恥ぢらふも暈を被れる月を眺めて

ただ無心ぬかるみ抜けて畦道へ酸素求める金魚のやうに

庭に立ち光の灑ぐもぢずりに溺れむとせり異界漂ふ

手つかずの未来

リモコンを頬ばり舐めるみどりごよ世界を知れる賢者に会はむか

抱きゐる父の腕にみどりごの拳がまさぐる手つかずの未来

我に棲む危ふく滾るものなどを幼も持つか　やたら石を蹴る

父母の齢《よわい》越えても子は子なる　仏に額づき「とうさんおはやう」

言の葉をならべならべて繰り返す幼はいつか眠りてをりぬ

お祝の自転車に乗るは明日朝と決めて寝《い》ぬるも眠れぬ幼

幼子はダンボール箱に潜り込むひとつの城にひとりの大将

もういいかいもういいかいのかくれんぼ　残されし児の呼ぶ声聞こゆ

肩車の幼の高さに在る月は赤く大きく闇に浮かびて

ピンポンの玉追ひかけて弾みくるシャボンの香りと幼子ふたり

我が胸に顔を埋めて眠る子の鼓動はづれゐる少し早くに

キリストの事など何も知らぬ児が聖菓分けゐる　妖怪ウオッチにも

夏のあを体いつぱい身に纏ひ少女現るベランダの窓に

自転車に走り来し児を拭ひやる額の汗の青く匂へり

声音つけアニメの台詞言ひたれば幼こゑ立て拳振り上ぐ

髪揺らし幼の走るその先に噴水上がるいきなりの夏

指汚し硯の外へ墨散らす幼の文字のはみだし跳ねる

花の文字大きく書き終へ筆を止めお日さま描けぬと幼呟く

ひとつふたつ　二つの数のみ繰り返し我のほくろを数へる二歳児

今日の日は媼となりてゆるゆると昔話に終日過ごす

幼らの山車を引く声高まりぬ保育園前のちさき坂道

友と二人通学路ゆく孫送るなほの声いらぬ中学生なれば

母拒み父をも拒み少女ゐる　何にこだはる膝抱き抱へ

胸ポッケに幼の笑顔の写真あり挫けた時に取り出し眺む

手のひらへ幸せの息吹きかけてくるる幼は生きる力を

子の家族帰りて残る夫と我音無き居間にお茶を飲みゐる

喝采なく侮りの言葉もなく今日を終へたりとことん凡庸

涅槃雪

じやがいもの若葉凍らす遅霜が朝日に輝く丘を覆ひて

初霜は露と消えゆく明け方の空の鎮もり雲さへあらず

冬なるぞ寒さ募らせ雪降れり蛙になりて布団に潜る

突き上ぐる裡なる声の真実に季節見失ひ　冬の蛾一頭

何がなし重き呪文を秘めてゐる北国の空暗くどんより

香も立てず夜昼密かに咲き終へし椿の花の落ちて乱れぬ

ふうはりと肩に止れる綿虫の透き色愛し夕べの朱《あけ》に

朝焼けは今日の不安を綯ひ交ぜに雪を染めゐつ鮮やかな朱

風に乗り肩に抛り来し雪虫の確かないのち呼吸継ぎゐる

来る夏も命咲かせむあぢさゐの末枯れし枝の雪を被るも

豊かなる椿咲く日もいつか来む乾く蕾は枝より落ちぬ

早春の芝生の泥を拭はむとホースの水を強く放ちぬ

涅槃雪を無事に過ごしし桜芽の綻ぶらむか温き小雨に

堅雪の植木職人の地下足袋の跡春近きを凹みに見する

雪を踏む音泣き声に聞こゆる夜マイナス十五度寒さ極まる

シマエビの殻を割り裂き身を啜る輝くまなこ獣めくらむ

今朝よりは寒さの域に踏み込みぬ叩く化粧の頬に冷たき

雀二羽凍てしパン屑啄ばむを温き玻璃戸の内にゐて見つ

故郷へ送るイクラの醤油漬けともに詰め込む恋ふる思ひを

故郷の地酒包みし新聞のシワを伸ばして丹念に読む

信念も掲げる正義も持たざるに裁判員制度粛々寄りくる

桟橋の揺らぎ妖しきガス灯の未知を照らすか人気無き夜は

野にありて誰のものにもならぬ花無傷のままに明日も咲けるや

夜明け前外に出づれば押し寄せる冷気身に沁み気を整へむ

霧立ちてストーブ焚くも冷え込みて夏の終りの潮騒重し

雲ひとつ無き凍天に雪が舞ふシャララシャラシャラシャラ音はまぼろし

平和を

孫とゐる真白き傘の日の陰に八月十五日鐘を聞く

光差す居間のテレビがとめどなくニュースを流すテロそして殺略

汗臭き夏巡り来て負ふ戦永久に忘るな我のみならず

ジハードとふ黒き目的知らずして自爆を選ぶもあまりに愚考

殺略の絶える事無きこの星が宇宙船から青く見ゆる日も

人間の人間ゆゑの愚かさをたれも謗れず雪富士仰ぐ

言葉では括り切れない虐めとふ小さな意地悪其処此処にあり

異文化の教会・寺院並び立つ愛の矛盾を人らは越えて

一票に力は有るか集団の行き先決める数の暴力

七夕の逢瀬の約束試すごと災ひは来る棹音立てて

血縁に被爆者ゐるを知りてありやがて来るのか被曝死の名は

一人ゐて暑さ厳しき原爆忌蛇口の水は鉄錆の味

アオギリの焦げし梢に芽生え見ゆ一樹の命生きて息づく

人恋ふは平和願ふに似たりけり死への命を留め得ずして

セピア色の写真に残る若き父背筋伸ばして凜々しく立ちぬ

神風の特攻隊になれずして農父は9・11如何に見る

華やかに春を彩る桜咲くイラク派遣の旭川の地に

アメリカの航空母艦数多なる海でも空でも死語なりし「戦闘」

我儘な九官鳥は籠にゐて餌まき散らしつつ「寿司食ひねえ」

平和とふは硝子に似たり壊れ易く澄むまほろばの付録なるかも

沖縄否鹿児島否の規矩超えて日本中否と言へぬのだらうか

日本のここ北海道の函館に穏やかなるもテロの脅威は

拉致問題を最優先にと思ひしに政情不安の不協和音立つ

不発弾発見されしと触れ歩く町会長の言ふ空襲のごとと

爆撃か否青空に新幹線のはやぶさ祝ふブルーインパルス

蟬が鳴き洗濯物が翻るこれぞ平和や庭に水撒く

電波山

ななかまど色濃く赤き実を結ぶ白き驟雨の奔れる頃を

雨になる天気予報の外れしを喜び登る「電波山」目指し

「電波山」草食む馬の背の向かう建屋が光る大間辺りぞ

一切の遮蔽物無き津軽海峡そを超え来るな恐怖も憂ひも

空覆ふ幾万の若葉仰ぎつつ連れと歩くや茅部山道

山道に疲れて仰ぐ昼の月誠のこころの有り処訊ねむ

車窓より見えて聞こゆる波の秀の強きうねりは何の拒絶か

立夏の今朝篠突く雨に濡れながら色を深めて桜咲き継ぐ

山葡萄の残り実照らす秋の陽に友の帽子の赤も鮮やぐ

病葉は如何なる風に魅入られむ色を失ひ幽けく散りぬ

風の無い炎暑の昼をオニヤンマ青黒緑に光曳きゆく

朝の日に向かひ飛び立つ虻二匹春だ春だと羽音響かせ

松倉の山毛欅の林の霧の空薄ら日緑に色づき初めぬ

深々と雪被りゐる蝦夷躑躅冬を眠らず枝先凍るも

烏瓜真紅の残る枯れ枝に恃みてゐるは来るべき年か

大空を指して揺れゐるアケビの蔓父との絆薄く光りぬ

郭公の声に誘はれ木下闇覗けばドクダミ空向きて咲く

懸崖に競ひて咲ける浜菊の蕊に潜める花蜂一匹

秋の蝶舞ふを能はず白き翅を閉ぢて岩屏風の岩陰に

春兆す海の向かうに下北半島白き建屋は大間の原発

まほろばの里に栗の実埋めて来し　夏の夜ひそと芽吹くを信じ

海峡を見下ろす石塔風を受け群れるを拒みし啄木眠る

三半規管のリンパ液

あんみつを食べゐる時に家庭医のO先生に会釈されたり

喫茶店に製薬会社のプロパーが煙草吸ひたり壁向く卓に

薄甘き眠剤一錠手に握り柵越え跳ねる羊数へる

健康にも不健康にもあらぬ今日曇天のした鳥も鳴かずに

呼気吸気に重なり落つる点滴の連鎖に救はる儚き命

冬の風乾く空気にくちびるも秘す憧憬も絶えて暮れゆく

この日頃動きの鈍りし我が脳《なずき》ひと揉みほどきもすこし生きむ

何ひとつ持たずに歩む身の不思議重たくなりゆく腕そのもの

目覚めたる三半規管のリンパ液緩やかに冷たし天井回る

ポキポキと時間を繋ぐ音のあり胸の鼓動とみぞれ降る音

日に何度吸へる煙草の危険告げやるも子はライターチカチカ

カラオケに古い恋歌唄ひをり煩雑な日々の少しの贅沢

乳房抱き羽毛布団に潜り込み憤死のごとく今宵を眠る

悲しみに眠れぬ夜を過ごすとふ友に贈らむウイスキーボンボン

選歌せむと数多の友の歌を読む一途な思ひ我を満たせり

優しさの心に満つるを待ち受けて我が裡語る虚しき行為

大き陽も天心過ぎれば西方へ落ちる外無き散華海峡

公園に咲きゐし椿の落つる時「大きな揺れにご注意下さい」

「小さく死ねよ」と歌へる歌手とすれ違ふ測量ポールを持ちゆくわれと

輪廻転生新しき命みどりごの祖父によく似る眉の凜々しさ

海難事故　為す術持たぬ女らは浦河の浜に迎へ火焚き継ぐ

黄のジュースのグラスを掲げ乾杯す我が身に満つる春の華やぎ

前を行く赤き尾燈が点滅す天命と非命のあはひは何ほど

握る手を離せば忽ちちりぢりにパライゾ目差し突張る若きら

夢ばかり大きくなりて「たら・れば」が揺れてゐるなりこの浮遊感

狼は何処

眼に残る微かな叛意とイヤリング同じ重さで鏡に映る

口紅の線をくっきり引き直し心の苛立ち少し宥める

重さ持つ朝の空気を吸ひてゐる猫の子二匹乳色の鼻

大口と五本の指が列をなす回転寿司屋に不況の見えず

叱責は無視よりよきとみづからに言ひ聞かせをりみぞれ降る夜

仮想空間のショッピング街を行き来してひと日終へたり漁るものも無く

愛着も未練も並べるフリーマーケット目につくやうに目立たぬやうに

衣料品の価格破壊がショッピングの流行作り廃れも早める

クリアランスセールが誘ふ衝動買ひ着る為で無く買ふ為に買ふ

誠実に生きゆくつもり来たつもり来る年もつと佳き年であれ

かき氷に溶けないままの黒砂糖　小針を千本飲まねばならぬ

祭りの夜揉み合ひ走る男らとお神輿照らす稲妻蒼く

うとうとと菜つ葉の裏でお昼寝のてんたうむしがポトリと落ちぬ

鶯の上手に鳴くを峰に立ちおしやべり止めて耳傾ける

犬小屋を赤銅色の満月がかうかうと照らす　狼は何処

廃屋の凍てしガラスに冬花火しらじら光る怒りの孤独

若き日を寂しく生きし川崎の写真に見入るただ義父一人

秋色に合はせて選ぶお出かけ着　心に花がまだ咲きをれば

長縄の描く円形を少女らは飛び跳ね抜けて風になりゆく

色淡く木槿咲きゐる大連に視界不良を嘆き見てをり

本心を表現できる語彙探し辞書を捲りぬ閉館間近に

帯を為し夜空貫くレーザー光線照らされて顕つ逝きし人らは

堀端の風

朝かげを受けて輝くスカイツリー　夫も立ちゐる重荷を担ぎ

沈着な君と思へぬ足運び躓きし君を我は支へし

堀の端薄暑の風に吹かれつつ穏やかならぬ来し方思ふ

法務省の広間に控へ大臣より勲章を受け皇居へ向かふ

東庭に働く奉仕団に今は亡き祖母も在すか身をば乗り出す

長和殿は防弾ガラス擁しゐて拝謁待ちゐる人らを映さず

君の背を追ひて歩める測量の現場思ひつつ宮殿登る

貴賓招き宮中晩餐会が開催される豊明殿にご来駕待ちぬ

豊明殿の壁に描かれしは大空に棚引く雲かほんのり赤し

天皇の膝下に翁の泣き崩る　幸ひあれかしわれが夫にも

天皇の眼差しに籠る労ひを慎みて受く　晴れやかに受く

拝謁を終へて緊張解かれたる夫とホテルの春の祝膳

左胸の勲章重きと戯言を言ひつつ納まる記念写真に

水仙の君

髭面のままに朝餉を摂る夫を水仙の君と呼びし日のあり

完璧を求める人が酔ひ潰れ渡らざる河の深さ語りぬ

ぽつぽつと窓打つ雨の束の間を我を愛しむ夫に恋せり

流れ星に願ひを懸けし夜のあり　寝袋並べ夢を語らひ

ゆるゆるとピンポン玉を打ち合へり還暦の夫のこの頃優し

山仕事の君に降り積む初雪や　カラマツ林の灰色深く

風に立つポプラのやうな人とゐて私はピエロ生きてさうらふ

何ごともいつも静かに事を為す夫の指忙し何に怒るや

写りゐる肺と心臓のレントゲン残余の生を我に知らしむか

しみじみと「おまへも齢だなあ」と言ふ夫の目尻の皺ひときは深く

ふんはりの浮遊感求め酒を飲む君ゐぬ日暮れ闇に紛れて

照れる陽が初夏を思はす夕暮れ時さくらを見よと夫を誘ひき

戯れにくちづけしたきを胸裡に納めて歩む桜咲く宵

身めぐりに桜花びら光り散り君の言の葉ほろほろ聞こゆ

肉魚を菜食主義とて食べぬ君　君の肉体何にて成らむ

パソコンの画面に並ぶ数列の記号が夫の体調語る

左手でくるりと髪を巻きながら酒ふふむ時嘘の始まる

何事も曖昧に出来ぬ君とゐて寛大に振る舞ふごとき嘘も

物言はぬ我を訝る君の眼の我見る力弱々しくて

とろうりと鎮まる濃茶膝に置き原始の心闌けよと願ふ

口を突き君を撃ち抜きし速射砲骸となりても抱き暮らさむ

星屑の末裔なりし命なる心震ひてひたすら生きよ

ありがたうのひとこと言へず別れたり煌めき止まぬ夕陽眼に沁む

宵闇は炉の火の恋し　炭並べ搔き立て熾す夫も起き来よ

傷つきし革のパンプスに執着す君を追ひかけ走りし靴なり

仏飯の炊き込み御飯を食す夕べ君の忌日のひと日の過ぎる

水惑星　第四十五回小田観螢賞受賞作品

散り急ぐ桜を追ひて旅立ちぬ新幹線のはやぶさとあり

咲く桜と散りゆく桜のあひを縫ひ髪切りに行くけふの我あり

さくらの時ももみぢの時も渇きゐるこの境内を満たせ秋霖

抜け出でし歳月忘れゐたりけり夕焼け小焼け明日があるさ

鰓持たぬわれら行き交ふ地下通路酸素不足の温き空間

鰓持たず海に戻れぬヒトかヒト溺れつつ生くる水惑星に

華やかに繕はれゐる言葉あり　地下水流るる固有の沈黙

轟音と孤独引き連れ闇めざす二十三時の札幌地下鉄

存在は矛盾のありて明かされる数多受け入れゆとりを持てば

血の色も誓ひの色も生臭くみんなの世界概念なき平等

「マイナンバー」大事にせよと渡されるこの数列は覚えきれない

ベランダに居座る野良猫雨を避け鎖の飼ひ犬どぼどぼ濡れる

解決の出来ないしこり抉らむか痛みに耐へよ麻酔の臺《うてな》へ

筆持つも遺書を残しし事は無く有念無念の呪詛も聴かざり

垂直に架かる純粋階段を外されて知る亡者の行進

白亜紀のコバルトブルーの洞窟に白き石放るゆるり沈みき

キャプテンの語る義経龍笛のその音色聴く矢越海岸

急降下のミサゴのまこと勇魚取り翼逆立て爪を突き出し

故郷の甘い臭ひのカブトムシ帰省列車の座席の下に

網棚にたれか忘れたパナマ帽そこだけが夏高原列車

渦巻きに蚊遣りの煙立ち上る過ぎゆく時の磁場無き漂泊

空の月目指して祭りの風船はゆるり飛びゆく楕円のかたち

幾億年生き継ぎ来しかしじみ蝶磁針揺らして空へ飛びゆく

風にある水にもありぬ草の香の移りゆく今獣の匂ひも

乱人の臍帯のごとき光引き行き方知れずに火星12号

Jアラートの音鳴り響くわが街は朝晴れわたりそよ風吹きぬ

潜り込むシェルター持たぬ港町十六夜の月皓々と照る

限りある希みの果たて超過せる貨物を乗せて吃水線は

山茶花は雪降り初めし朝を咲く垣根毀さぬ女人のために

白鳥は北を目指せり辺境のかの岬にも春の来るらし

あとがき

私は、遠く日光男体山を望み周囲を水田に囲まれた、海とは無縁の栃木県河内郡平石村（現宇都宮市平出町）にて生まれた。

実家は代々続く農家で、父母は勤勉実直な人達であった。私が五歳の頃、大人が乗る自転車に乗りたくて、自転車が欲しいと騒ぐと、大人用三角自転車を「子供用自転車」に改造し、小豆色のペンキを塗ってくれた。私の希望は総て叶えてくれる父であった。

昭和二十五年三月、中学二年の三学期末、学区再編と生徒数の少なさを原因として通学していた中学校が閉鎖された。その四月、それまで使用していた机・椅子とともにトラックに乗せられ新設校に移動。平出北小学校校区の三十六人が、三年生四百人余の中へ放り込まれた。新学期早々学力テストがあり、翌日、各教科百番迄の順位発表。私の名前はどの教科の何処にもなかった。翌日から三日間、学校を休んだ。父がずっと一緒にいて色々な話をしてくれた。

中学三年生の一年間、兎に角勉強した。日々の授業は勿論、まだ行く生徒の少なかった英語の学習塾へも通い、宇都宮女子高等学校に合格出来た。が「もう勉強は厭」の思いに急きたてられ、当時大人気のバレーボール部に入部した。バレー部の三年間は、背が小さかったり、体力が無かったりで辛い事も多かったが、昭和三十八年の第十八回山口県国民体育大会へ出場。チームメートにも恵まれ充実の高校生活であった。宇都宮大学卒業後、栃木県立黒羽高等学校へ奉職・退職。そして昭和四十七年四月、函館市へ移住しても「バレーボール人生」は続き、ママさんバレー（函館巴チーム）北海道大会で優勝出来た。この時期は多くの仲間に支えられいつも楽しかった。

その後、亡夫齊藤重則と創業した北栄測量設計株式会社も軌道に乗り仕事に精を出し始めたが、精神的には何もかも中途半端だと思った。昭和六十二年、函館商工会議所女性会研修旅行の折、私が日記に短歌を書き留めているのをご覧になった平沼智子氏（島田修二主宰「青藍」の会員）にお誘い戴き、函館短歌研究会（前川恒慶氏主宰）に入会した。そこで会員の三島智善氏からパソコン入力の腕を買われ、道南歌人協会の事務をお手伝いするようになり今日に至っている。当時の短歌は、「これが短歌」と胸を張って言えるほどの作品ではなく、函館短歌研究会の会員から「こんなの短歌じゃない」と笑われても反論すら出来なかった。そのような状況だったが、平成九年、是非にと歌誌「新墾」へお誘い下さったのが、「潮短歌会」前会長の太田光夫氏だった。「新墾」へ入会しても、日常に確たる目標も無く過していたが、平成十八年秋、「新墾　函館全国短歌大会」を体験し、俄然「身を入れて歌わなくては」と思い始めた。それ以来、「新墾」選者・寺山寿美子先生に、御指導を戴き今日に至っている。

夫とは、家庭・仕事そして植樹活動等の公の場面を通じ、「夫婦として・同志として」人生を大いに楽しみ共感しつつ暮らしてきた。中でも思い出深いのは、伊能忠敬研究会・社団法人日本ウオーキング協会・朝日新聞社共催による、「平成の伊能忠敬ニッポンを歩こう」の行事への参加である。一九九九年一月二十五日、東京深川の富岡八幡宮を出立し、二〇〇一年一月一日の東京日比谷公園到着まで、日本国中、隅から隅まで、ほぼ一万㎞を、一筆書きに歩いた。

その頃、夫は日本土地家屋調査士会連合会（会員数約二万人）の広報委員長として参加し、活動報告の原稿を書いていた。私は、社業や家庭事情の合間を縫っての各所への参加だったが、いつも新しい発見と素晴らしい出会いの歩き旅であった。また、夫は日本土地家屋調査士会連合会現顧問の西本孔昭氏のお導きを戴き、新日本法規出版株式会社発行『Q&A表示登記実務マニュアル』・新日本加除出版株式会社発行『登記所が現地と登記に対応する地図を整う灯を消さないで』に、土地家屋調査士の立場から原稿を書いていた。私も多くの歌が積み重なった頃、夫が「原稿料を貯めて、自分が書き溜めた文章と短歌歌集を共著で出そう」と言いだし、書き散らしたままだった歌を項目別に整理し始めた。

が、この願いは叶わなかった。

平成三十年七月一日、「新墾」一〇〇〇号発行の栄えある時に伝統ある新墾社の小田観螢賞を賜った。本当に畏れ多くはあったが、名誉な事と改めて感謝している。

歌集名の「水惑星」は、小田観螢賞受賞作品の一首、

鰓持たず海に戻れぬヒトかヒト溺れつつ生くる水惑星に

から採った。かつて、息子を背負い娘の手を引き、函館山の夜景に見入った三十歳の私にとって、函館の夜景、それはどうにも泳ぎ切れない光の海だった。さらにその光の海の両側に広がる夜の暗さには引きずり込まれる

恐怖を感じたが、生き抜かなければと歯を喰いしばっていた。あれから四十年余の長い時間が過ぎたが、今も、函館の夜景は人生への想念として、私に耀いている。

今回、函館山ロープウェイ株式会社代表取締役櫻井健治様より、函館夜景の写真をご提供戴きました。感謝致します。

歌集『水惑星』を上梓すると決めてより、多くの方々からのご縁を戴いて今日が有る事を、改めて再認識致しました。

「新墾」主宰の足立敏彦先生には序を頂き、寺山寿美子先生は出版への具体的な事を指導くださり、また、折に触れ作歌のヒントと励ましを下さった椎名義光先生、そして多くの歌友の皆様に感謝を申し上げます。重ねて短歌研究社の國兼秀二様、菊池洋美様、スタッフの皆様に心より御礼申し上げます。ありがとうございました。

平成三十年九月

齊藤サダ

著者略歴

昭和21年３月28日　栃木県宇都宮市生まれ
平成９年「新墾」入社　足立敏彦氏に師事
平成18年　合せて、寺山寿美子氏に師事
平成30年「潮音」入社
北海道歌人会会員　函館潮短歌会会員
道南歌人協会会員　函館市文化財保護審議会委員
NPO法人北海道に森を創る会理事

省検
略印

平成三十年十二月十五日　印刷発行

歌集　水《みず》惑《わく》星《せい》

定価　本体二五〇〇円（税別）

著者　齊《さい》藤《とう》サダ
郵便番号〇四一―〇八三六
北海道函館市山の手一―二六―七

発行者　國兼秀二

発行所　短歌研究社
郵便番号一一二―〇〇一三
東京都文京区音羽一―一七―一四　音羽YKビル
電話〇三（三九四四）四八二二・四八三三
振替〇〇一九〇―九―二四三七五番

印刷者　研文社
製本者　牧製本

ISBN 978-4-86272-591-2　C0092　¥2500E